Une mère à la maison

MIXTE
Papier issu de sources responsables
FSC® C022030

Loi n° 49-956 du 16 juillet 1949 sur les publications destinées à la jeunesse,
modifiée par la loi n°2011-525 du 17 mai 2011.
ISBN : 978-2-09-254899-8
N° éditeur : 10195925 – Dépôt légal : juillet 2014
Achevé d'imprimer en juin 2014 par Pollina (85400 Luçon, France) - L68766

Susie Morgenstern

la famille trop d'filles

Une mère à la maison

Illustrations de Clotka

Nathan

un

Maman, grand reporter

Chez les Arthur, comme tous les soirs après le dîner, tout le monde s'assoit devant la télé. Tout le monde, sauf Flavia, qui reste debout les bras croisés, et Anna, qui finit de débarrasser la table.

Et comme tous les soirs, Billy rouspète devant le journal télévisé :

– Je comprends rien ! Pourquoi ils parler douze mille fois trop vite ?

– Chuttttt ! fait Bella. Ça va bientôt être maman ! Ils donnent des informations sur la situation en Syrie.

– Je croyais qu'elle était en Afghanistan ! s'exclame Cara.

– Non. Elle vient d'être envoyée en Syrie.

– Anna, viens vite ! On va voir maman ! appelle Gabriel.

– J'arrive…

Sur l'écran, on découvre un paysage d'immeubles effondrés, de routes écroulées, avec des gens qui courent au milieu des décombres. On entend l'éclat des explosions, le bruit des balles et des cris. Le visage d'Ariane Arthur apparaît. Ses enfants ne la quittent plus des yeux.

– Anna, dépêche-toi ! C'est maman ! lance Dana.

– La pauvre ! se lamente Cara. Elle doit être terrorisée.

– Elle m'a dit qu'elle n'avait jamais peur, déclare Gabriel.

– Pour te rassurer, lâche Flavia. C'est impossible de ne pas avoir peur : rien que de la voir à la télé, ça me file la frousse !

– *It's terrible !* commente Billy. Affreux ! Guerre ! *Civil war !* Comme l'Irlande.

– Anna, tu viens ou quoi ? crie Cara.

– Je veux juste finir de ranger pour pouvoir regarder tranquillement.

– Maman parle ! Grouille ! insiste Bella.

– Chuttttt ! font les autres.

– Une série d'attentats a eu lieu mardi dans le village d'Akrab, non loin de la ville de Hama, annonce Ariane Arthur. Entre cent vingt-cinq et cent cinquante personnes du quartier alaouite d'Akrab Ibrahim ont été touchées par les explosions.

– Anna ! Tu vas tout rater !

– Vous me raconterez…

Parfois, Anna souffre de voir sa mère à l'écran, tellement elle lui manque, tellement elle voudrait pouvoir la toucher pour de vrai.

– On ne connaît pas encore les responsables de cette tragédie, poursuit Ariane Arthur. Plusieurs versions contradictoires circulent ici. On évoque…

Mais avant qu'elle ait fini sa phrase, elle tombe sous les yeux de ses enfants, comme un arbre frappé par la foudre. Elle disparaît de l'écran.

– MAMAN !

En entendant ce cri général, Anna accourt.

– Qu'est-ce qui s'est passé ?

– Maman, maman, maman ! répète sans cesse Elisa.

– On l'a tuée ! sanglote Dana.

Les autres sont pétrifiés.

– Mais non, *she'll be okay*, dit Billy pour les rassurer.

Mais il est livide.

Anna aimerait trouver les mots pour réconforter tout le monde, mais elle a perdu ses moyens et reste muette.

Les enfants regardent la suite du reportage en état de choc. L'image bouge beaucoup, comme si le cameraman se précipitait vers Ariane pour l'aider. On distingue une route, un ravin, et en bas un corps. Puis il y a un gros plan un peu flou de leur mère. Elle a les yeux fermés. Flavia se met à hurler :

– Ma maman ! Ma maman est morte !

Le cadreur reprend sa caméra. On l'entend annoncer avec beaucoup d'émotion :

– Notre grand reporter… Ariane Arthur…

a été frappée par une balle ! Elle est évacuée alors même que je vous parle.

On voit en effet des hommes la mettre comme ils peuvent dans une espèce de camionnette.

– Elle n'est pas morte, hein ? Elle n'est pas morte ? demande Gabriel.

– Non, ne vous inquiétez pas, les rassure Billy. Elle est seulement blessée. *Don't worry.*

Le téléphone sonne. Les enfants sursautent. C'est leur père.

– Ne vous en faites pas, mes chéris. Je pars tout de suite. J'arriverai dans la nuit, dit-il d'une voix tremblante.

– Tu vas en Syrie ?

– Non, je rentre à la maison pour être avec vous. Je vous laisse, au cas où votre maman essaierait de me joindre.

Anna a à peine raccroché le téléphone qu'il sonne de nouveau, en même temps que la sonnette d'entrée.

– Ne paniquez pas, je suis en route ! lance Grand-Mère Léo dans l'appareil. Je serai là dans une demi-heure !

Flavia ouvre la porte : c'est Grand-Père Mimi, avec cinq litres de glace. On dirait qu'il a pris dix ans d'un seul coup.

– Maman va s'en sortir ? demande Flavia, terrorisée.

– Bien sûr, ma chérie. Ne t'inquiète pas.

Mais tous ces « ne t'inquiète pas » inquiètent justement beaucoup la petite fille.

On sonne encore à la porte. C'est une voisine, avec des gâteaux. Une autre apporte bientôt un sac géant de chips. Au fur et à mesure que les voisins arrivent s'accumulent sur la table de la salle à manger des paquets de cookies, du pop-corn, des tartes…, qui forment une montagne de nourriture. Tout le monde a dû penser que ce serait le meilleur moyen de consoler les enfants. Dommage que personne n'ait faim… Il règne un silence de mort. Les visiteurs ne savent pas trop quoi dire, mais ils restent dans la maison pour entourer ces enfants qui se voient déjà orphelins. Tous attendent des nouvelles d'Ariane Arthur.

La maison est déjà pleine à craquer quand Grand-Mère Léo franchit la porte à son tour, les bras chargés de victuailles, dont du saumon fumé, de la crème fraîche et des blinis.

– Tu as du nouveau ? l'interroge aussitôt Grand-Père Mimi.

– Oui, j'ai eu Arthur. Il a parlé avec le directeur de la chaîne de télé : Ariane va être rapatriée par avion depuis la Jordanie. Elle sera à l'hôpital à Paris dès demain. Pas la peine de s'affoler.

– Qu'est-ce qu'elle a, ma maman ? demande Gabriel.

– Je n'ai pas bien compris. Elle a été touchée à l'épaule, ou à la jambe, ou les deux… En tout cas, rien qui menace sa vie. Le plus dur pour elle sera sans doute de supporter le long trajet jusqu'à l'aéroport d'Amman. Mais elle va s'en sortir. Il n'y a plus qu'à attendre calmement ! déclare Grand-Mère Léo, qui ne tient pourtant pas en place.

Les voisins prennent congé.

– On viendra aux nouvelles dans les jours qui viennent, dit l'un d'entre eux. Si vous avez besoin de quoi que ce soit, vous pouvez compter sur nous.

– Le mieux à faire, les enfants, c'est d'aller se coucher pour être en forme demain, conseille Grand-Père Mimi. Je sais que vous êtes très inquiets, mais tout va bien se passer, je vous le promets !

Comme personne ne bouge, Anna décide de reprendre les choses en main. Elle se sent responsable de la marche du monde, du moins de son petit monde dans le grand monde. On peut toujours compter sur elle, même en cas de crise. Et puis peut-être qu'en se concentrant sur les petits rituels du quotidien – se laver les dents, préparer ses affaires pour le lendemain, etc. – ses frère et sœurs oublieront un instant leurs angoisses…

Mais lorsque Anna aide Flavia à se mettre au lit, la petite est tellement abasourdie qu'elle n'arrive pas à sortir un mot, même pas un « bonne nuit ». Dana aussi est encore sous le choc ; on dirait presque qu'elle a reçu la balle à la place de sa mère. Quand Gabriel déclare qu'il a trop peur pour rester tout seul dans sa chambre, Anna demande à Bella si elle veut bien dormir avec lui, et à ses grands-parents s'ils peuvent faire une petite place dans leur lit pour Flavia et Dana.

Tout le monde va enfin se coucher, sauf Grand-Mère Léo, qui fait face au drame en prenant un bain bouillant.

Comme prévu, Arthur Arthur arrive au beau milieu de la nuit. Il tâtonne jusqu'à sa chambre… mais trouve son lit déjà occupé. Le canapé étant vraiment trop inconfortable, il se rabat finalement sur le lit de Dana, dans la chambre de ses filles. Même s'il est épuisé, il ne parvient pas à s'endormir dans ce lit trop petit. Rongé par l'inquiétude, téléphone portable à la main, il compte les moutons jusqu'à l'aube.

Au matin, Anna trouve les quatre adultes en conseil de famille dans la cuisine. Même Billy s'est levé pour l'occasion.

– Des nouvelles ? s'inquiète-t-elle en sautant dans les bras de son père.

– Oui. Ta mère arrive à midi à l'aéroport. Je vais la rejoindre là-bas pour monter avec elle dans l'ambulance qui la conduira à l'hôpital où elle sera opérée. Je vous tiendrai au courant. Vos grands-parents vont rester avec vous.

Flavia a tout entendu. Elle entre dans la cuisine en criant :

– Moi, je veux voir maman ! Je viens avec toi !

– Non, répond fermement Arthur. C'est interdit aux enfants.

– C'est MA maman !

– Tu la verras quand elle rentrera à la maison.

Arthur se rend ensuite à l'aéroport. Grand-Père Mimi est de garde ; Billy sort faire des courses et Grand-Mère Léo laisse son ex (et futur) mari avec les enfants pour sa séance de bridge avec ses amis, même si elle n'a pas la tête à ça.

En fin de matinée, le téléphone sonne. Grand-Père Mimi s'isole dans la chambre des parents avec l'appareil pour ne pas parler devant les enfants. On ne sait jamais…

– Je suis dans l'ambulance avec Ariane, l'informe Arthur. Le voyage a été un peu rude. Pour l'instant, elle dort, parce qu'on lui a donné une grosse dose de médicaments contre la douleur. Elle a été touchée à l'épaule. Heureusement qu'elle n'a pas été visée au cœur ! Elle sera opérée dès qu'on arrivera à l'hôpital. Je veux rester avec elle. Je ne sais pas du tout quand je rentrerai. Je t'appellerai tout à l'heure.

Le soir, les nouvelles sont bonnes : l'opération s'est bien passée. Le chirurgien a extrait la balle sans problème. Même s'il faudra du temps pour qu'Ariane récupère l'usage de son épaule et de son bras, elle n'aura a priori pas de séquelles : aucun risque de rester paralysée.

– Je serai bientôt de retour à la maison, les enfants, annonce Arthur au téléphone.

– Tu peux nous passer maman ? demande Gabriel.

– Non, elle est en soins intensifs.

– On pourra la voir demain ? insiste Flavia.

– Pas encore.

Spontanément, les enfants écrivent tous une lettre à leur mère. Gabriel fait le portrait des sept frère et sœurs en personnages bâton. Flavia remplit une feuille entière avec un seul mot : « MAMAN ». Elisa dessine une danseuse avec un T-shirt « Reviens vite, maman ! ». Cara enregistre une scène de théâtre. Bella, elle, invente un poème :

Ça existe, des mamans à la maison
Et des mamans maîtresses d'école
Des mamans raisonnables, des mamans folles
Mais aucune comme toi, ma maman frisson.

Ça existe, des mamans médecins
Des mamans plombières ou ouvrières

Et peut-être des sinistres mamans
meurtrières
Moi, je rêve d'une maman
du train-train.

Ça existe, des mamans attentionnées
D'enfants uniques ou de famille
nombreuse
Des mamans haineuses ou amoureuses
Qui ne reçoivent pas une balle à la télé.

Mais toi, tu es MA maman
Je n'en voudrais pas d'autre
On est tous d'accord sur la nôtre
Je t'aime et je t'admire, ma maman
qui a du cran.

Dana lui écrit une blague :

Un jour, Thomas, sept ans,
demande à sa mère :
– Pourquoi t'as un gros ventre ?
– Parce que ton papa m'a donné
un bébé.

Lorsque son père rentre du travail,
Thomas lui demande :
– C'est vrai que tu as donné un bébé
à maman ?
– Oui.
Effondré, le petit garçon
dit :
– Hé ben, elle l'a mangé…

Anna a une idée de ce qu'elle veut écrire, mais ne voit pas comment aborder le sujet. Elle sait pourtant que, comme pour une expression écrite, il faut se lancer.

Maman chérie,
Hier soir, avant l'accident, j'ai tout fait pour ne pas te regarder à la télé. Comme si j'avais eu un pressentiment de la catastrophe. Tous les soirs, c'est pareil. Je veux te voir/je ne veux pas te voir. Je crois que je vis dans la peur qu'il t'arrive quelque chose. Tu es toujours envoyée sur les pires scènes de guerre au monde. Que le pire t'attrape un jour était inévitable.
Tu es à l'hôpital après un voyage qui a dû être un cauchemar et une longue et délicate opération, alors que nous sommes

confortablement installés à la maison. Mais ça ne m'empêche pas d'être mal à l'aise.
Voilà ce qui me tracasse : je pense qu'il faut que tu changes de métier. C'est vraiment difficile pour moi de te dire ça, parce que, moi aussi, je voudrais être journaliste… Mais avant d'avoir des enfants !
Tu n'es pas souvent là, et nous en souffrons tous, surtout les plus petits. Flavia est très perturbée, et je me demande si les allergies de Gabriel ne sont pas en partie dues à ton absence. Cara travaille mal à l'école. Même si ça s'améliore, Bella est hyper timide… Et je crois que si Dana raconte sans arrêt des blagues, c'est pour oublier qu'elle est triste. Pas besoin d'être

psychologue pour savoir que la présence d'une mère, c'est très important.
Je t'embrasse très fort, ma maman.
Anna

Elle plie la lettre et la range dans son tiroir. Sa mère n'a pas de leçons à recevoir en ce moment. Elle en écrit une nouvelle :

Chère maman adorée,
Que nous sommes contents que tu sois en France, que l'opération se soit bien passée et que tu rentres bientôt à la maison !
Que nous sommes heureux d'avoir une mère héroïque, une star de la télé, une femme courageuse et intelligente !
Et merci, maman, de m'avoir donné une famille aussi nombreuse qui m'apporte

beaucoup de soutien dans les moments difficiles, avec toutes ces paires de coudes à serrer en cas de coup dur !
Reviens vite ! Je t'aime !
Anna

Après tout, il y a plusieurs vérités, toutes vraies.

Anna glisse sa lettre avec celles de son frère et de ses sœurs dans une grande enveloppe. Elle la confie à son père quand il rentre dîner. Il est tendu et fatigué, mais soulagé que le pire soit passé.

À table, il donne des nouvelles d'Ariane à ses enfants et leur explique la suite des événements :

– Votre mère s'est réveillée de l'anesthésie : elle est exténuée, mais elle va mieux.

– Quand est-ce qu'elle revient à la maison ? demande Flavia.

– Je ne sais pas. On lui a proposé une place en maison de repos pour la rééducation.

– C'est vrai, ici, pas repos ! commente Billy.

Bella lui lance un regard… Peut-être que l'idée d'avoir ses patrons sur place ne l'enchante pas.

– Elle n'a pas encore décidé. On nous a aussi parlé de soins à domicile. Un infirmier et un kiné viendraient s'occuper d'elle tous les jours. La connaissant, je pense qu'elle va plutôt opter pour cette solution.

Le téléphone sonne juste au début du journal télévisé.

– C'est maman ! dit Anna.

– Juste deux minutes, mon Anna, fait

Ariane d'une voix pâteuse. Pour dire que tout va bien. D'ici quelques jours, je pourrai tous vous retrouver. J'ai hâte !

– Tu n'as pas trop mal ?

Mais Ariane a déjà raccroché.

– On va bientôt avoir une maman à la maison ! annonce Anna.

AMBULANCE

deux

Une maman sur le dos et sur les nerfs

Quand Ariane rentre enfin à la maison, trois jours plus tard, elle est encore faible et très pâle. Elle a le bras en écharpe. Quand elle a été touchée, elle a dévalé un ravin. Arthur n'avait rien dit pour ne pas affoler ses enfants, mais elle porte aussi une genouillère, une minerve et elle a des pansements un peu partout. Ce n'est pas une mère qui revient, mais une espèce de momie en sparadrap !

Au comble de la joie, sa famille l'accueille avec haie d'honneur et confettis. Les enfants ont fait une grande affiche, avec « Bienvenue à la maison, maman ! » écrit dessus, ainsi que plein de cœurs et de fleurs de toutes les couleurs.

Les ambulanciers installent ensuite Ariane dans le canapé. Dès qu'ils sont partis, tous viennent faire des bisous à la convalescente, à tour de rôle. On dirait Louis XIV entouré de sa cour ! Flavia fait un gros câlin à sa mère, qui pousse un cri de douleur. Son épaule est encore loin d'être guérie !

Arthur est aux petits soins.

– Tu as faim ? Tu as soif ? Qu'est-ce qui te ferait plaisir ?

– Un petit café bien serré, lui répond sa femme.

– Tu as le droit d'en boire ? s'inquiète Anna.

– Pourquoi pas ? On ne me l'a pas interdit, en tout cas. Et comme tu le sais, je suis accroc au régime café : je ne peux pas m'en passer ! Pas plus que de mes cigarettes… Heureusement que je peux continuer à fumer de la main droite !

Ariane s'est arrêtée de fumer pendant ses grossesses, mais elle a recommencé dès qu'elle a repris le travail, après ses six mois de congé maternité pour Gabriel. Anna, qui a vu les photos du vieillissement précoce des gens qui fument, remarque de nouvelles rides sur le visage de sa mère.

Autour du canapé, les enfants se sentent un peu bizarres à rester là, à fixer cette mère qu'ils voient si peu d'habitude, aux cernes immenses, aux cheveux en pagaille et aux membres en panne.

– Je suis désolée, mes amours, mais il faut vraiment que je me repose. Demain, ce sera plus compliqué, parce que les soins vont commencer. Allez, ouste ! Accordez-moi encore cette journée.

Jusqu'au soir, les enfants passent donc le reste du temps sur la pointe des pieds, sans

se parler, respirant à peine, pour ne pas réveiller cette Belle au bois dormant insolite.

Arthur est installé à la table de la salle à manger, où il a étalé ses plans. Il tapote sur le clavier de son ordinateur portable et chuchote au téléphone. Billy, lui, s'affaire en silence dans la cuisine.

Les enfants étaient si heureux de revoir leur mère ! Mais finalement c'est presque

pire qu'elle soit là plutôt que loin, puisqu'ils n'ont même pas le droit de lui parler ni de la câliner ! Eux qui ont tellement de choses à lui raconter depuis son dernier départ !

Le soir, la sonnette retentit si fort dans le silence de la maisonnée qu'il y aurait de quoi réveiller un mort. La Belle au bois dormant fait l'effort de se lever : elle a dû deviner l'arrivée de ses parents. Après un crochet aux toilettes, elle boite jusqu'au salon où on a apporté une chaise de la salle à manger, car, finalement, le canapé et les fauteuils sont trop bas pour elle.

Quand elle aperçoit sa fille, Grand-Mère Léo pousse un cri venu du cœur :

– Quelle horreur, ma fille ! Tu as vu tes cheveux ? Demain, je te fais venir mon coiffeur !

– C'est tout ce que tu trouves à me dire ? Je n'ai même pas le droit à un « Ma pauvre chérie ! » ou à « Tu as tant souffert, je suis si heureuse que tu sois encore en vie ! » ? Je me fiche de mes cheveux, maman ! J'ai vachement mal !

– Mais bien sûr que je me suis fait du souci ! J'ai eu tellement peur que ça fait deux jours que je ne dors pas ! Tu n'as qu'à demander à ton père. Et je ne te dis pas à quel point j'ai mal joué au bridge.

– Quel sacrifice, maman !

Anna comprend le sarcasme de sa mère. Grand-Mère Léo, toute généreuse qu'elle est, fait preuve d'une méga dose d'égoïsme et de maladresse. Grand-Père Mimi calme le jeu :

– Nous sommes heureux et soulagés que

tu sois enfin rentrée à la maison, ma chérie.

– Bon… Il paraît que vous êtes retombés amoureux, tous les deux, lance Ariane. Moi qui m'étais habituée à voir le monde en guerre et mes parents dos à dos… Racontez-moi tout.

– On est encore souvent dos à dos. Mais la nuit, dans le même lit ! dit Léo en souriant.

– Épargnez-moi ce genre de détails, s'il vous plaît !

Grand-Père Mimi lui résume leurs retrouvailles pendant l'épidémie de varicelle[1].

– Et voilà comment la maladie des enfants a rallumé l'étincelle de l'amour. On pense même à se marier !

– Mais pourquoi ? Les gens ne se marient

1- Voir *La Varicelle* × *7*, dans la même série.

plus de nos jours, et se remarient encore moins !

– Avec toutes ces belles demoiselles d'honneur, on est bien obligé de faire la fête ! plaisante Grand-Mère Léo en désignant ses petites-filles.

– Et moi ? demande Gabriel.

– Sans oublier notre unique garçon d'honneur ! le rassure Mimi. Et toi, mon Ariane, raconte-nous ce qui s'est passé. C'est allé si vite à la télé !

– Vous avez connu la Deuxième Guerre mondiale quand vous étiez petits, dit Ariane à ses parents. Ce n'est pas moi qui vais vous apprendre la terreur de la guerre. Mais le pire, ce sont ces conflits civils, où des frères d'un même peuple luttent les uns contre les autres. C'est épouvantable… Quand on m'a envoyée en Syrie, je savais que je prenais des risques, puisque de nombreux journalistes y ont déjà été tués depuis le début des soulèvements. J'avoue que cette fois j'ai eu peur, et quand la peur entre dans ta vie, tu es déjà dans la mort.

– Oh, ma pauvre fille ! compatit enfin Grand-Mère Léo.

– Et si les journalistes vivent en général confortablement dans des hôtels de luxe, lors de nos déplacements, ce n'était pas le

cas. J'étais épuisée le jour de ce dernier reportage, et terrorisée. Quand j'ai reçu la balle, j'ai cru que j'allais mourir, mais j'ai revu tous vos visages. C'est ce qui m'a donné la force d'endurer ce supplice et ce long voyage.

En entendant ces mots, Flavia glisse sa main dans celle de Cara. Bella, Dana et Elisa l'imitent en se tenant les mains, elles aussi. Anna resserre ses bras autour de Gabriel, installé sur ses genoux.

– Évidemment, j'aurais pu choisir de faire un autre métier, ou des reportages plus tranquilles, poursuit Ariane. Mais je ne supporte pas de regarder les conflits de loin, je me sens trop inutile. En étant grand reporter, j'ai l'impression d'aider à ma façon. Et puis j'aime être au cœur de l'action !

– Ça, de l'action, tu ne vas pas en manquer, ici, plaisante son père.

– J'ai faim, dit alors Ariane, comme pour changer de sujet.

– Salé ou sucré ? demande Arthur.

– Je mangerais bien deux œufs au plat.

– C'est tout ? s'indigne Grand-Mère Léo. Tu mérites plutôt du caviar ou du foie gras. Je t'en ai apporté justement.

Billy propose de faire à manger, mais Arthur veut s'occuper lui-même de sa convalescente chérie. Seule Grand-Mère Léo est autorisée à l'aider en cuisine… en préparant des toasts pour les mets raffinés qu'elle a apportés. Ariane avale ce repas royal avec dix paires d'yeux posés sur chacune de ses bouchées, puis s'excuse et retourne se coucher... dans son lit, cette fois. Les grands-parents ne tardent pas à partir, bras dessus bras dessous. Le reste de la famille dîne sans rien dire et se couche en silence.

***

Le lendemain matin, comme d'habitude, Cara chante à tue-tête dans la salle de bains :

Lundi matin
L'empereur, sa femme et le petit prince

Sont venus chez moi pour me serrer la pince
Comme j'étais parti, le petit prince a dit :
Puisque c'est ainsi nous reviendrons mardi…

Ariane sort de sa chambre en grognant :

– Cara ! Ça t'amuse de m'empêcher de dormir ?

– Oh, pardon, maman…

Quelques minutes plus tard, Elisa crie à la cantonade :

– Dites, vous auriez pas vu mon sac ?

– Non ! répond Flavia. Mais tu pourrais dire à Gabriel de me rendre mon doudou ?

C'en est trop pour Ariane, qui entrouvre la porte de sa chambre et crie :

– C'est pas bientôt fini, le boucan !

Le matin, c'est toujours un peu la folie chez les Arthur, même pendant les vacances. Mais à partir de cette remarque agressive, tout le monde s'efforce de se préparer en silence. Vu l'humeur de leur mère, les enfants ont hâte de quitter la maison pour se rendre à leurs stages de vacances ou aller voir leurs amis. Arthur, lui, est déjà sorti faire une course.

– Anna, j'ai besoin que tu restes à la maison avec moi, lui demande Ariane.

L'aînée de la fratrie, qui se faisait une joie de commencer son stage de journalisme, supplie Bella et Cara du regard. Cara ne veut pas rester avec sa mère. Ça risquerait de faire des étincelles. Alors Bella se dévoue. Elle n'ira pas à son atelier d'écriture aujourd'hui.

Son premier devoir de garde-malade est de retrouver le paquet de cigarettes de sa mère, ce qu'elle fait à contrecœur. Puis elle lui prépare un petit déjeuner : tartine, café et cigarettes. *Berk.*

L'infirmier, puis le kiné ne tardent pas à arriver. Pendant qu'ils s'occupent d'Ariane, Bella lit. Billy finit par émerger et vient prendre son petit déjeuner à côté d'elle.

– Peut-être mieux je reste aujourd'hui ?

– C'est gentil, mais ce n'est pas la peine. Tu ne dois pas manquer ton cours. Ce n'est pas les vacances pour tout le monde, hein ? Et de toute façon, c'est trop tard pour aujourd'hui, vu l'heure, l'atelier est déjà commencé.

– Bon, je vais. Courage !

Quand le kiné a fini, Ariane appelle sa fille pour qu'elle lui apporte le téléphone.

Bella suffoque en arrivant dans la chambre : elle ne supporte pas l'odeur de cigarette. Ariane passe le reste de la matinée pendue au téléphone.

« Quand je pense qu'elle nous a crié dessus parce qu'on faisait trop de bruit, ce matin ! se dit Bella. Elle ferait mieux de se reposer, plutôt que de passer son temps au téléphone ou à fumer des cigarettes. »

À l'heure du déjeuner, Bella apporte un plateau-repas à sa mère, mais celle-ci y touche à peine et préfère s'installer dans le salon pour regarder la chaîne d'information continue. La télé empêche Bella de lire ou d'écrire. Alors elle abandonne son livre, et s'installe à côté de sa mère, qui lui demande aussitôt un café.

« Je sais bien qu'elle ne peut pas trop se

déplacer à cause de son genou, mais on dirait que je suis sa bonne… rumine Bella. Patience ! Elle a mal, et ça la rend désagréable… »

Quand Arthur rentre à la maison dans l'après-midi, il retrouve sa femme devant la télé et toujours en pyjama. Elle tapote difficilement de sa main droite sur le clavier de son ordinateur portable. Il reste un moment à la regarder, mesurant la chance qu'il a qu'elle ait survécu. Après toutes ces années, il l'admire toujours autant pour son énergie, son courage et sa détermination.

– Si tu veux, tu peux me dicter ton texte pour que je le tape, lui propose-t-il.

– Oh, merci ! Toi au moins, tu ne me fais pas la morale parce que je continue à travailler, comme le kiné ! Tu as toujours su me comprendre…

– Tu sais, même si nous vivons loin l'un de l'autre, tu es toujours avec moi, où que je sois.

– Moi aussi, je t'ai toujours dans la tête.

Même si Bella est fâchée contre sa mère, elle est heureuse de voir ses parents jouer les amoureux. Il faut croire que leur mode de vie les rapproche plus que la routine de la plupart des gens.

Ariane se rappelle d'un coup qu'elle a une « domestique » sous la main.

– Va me chercher deux paquets de Gitane, Bella.

– Je vais y aller, moi, intervient Arthur. Elle n'a rien à faire dans un tabac.

– Je peux aller à la boulangerie, si vous voulez, propose Bella.

Trop contente d'avoir trouvé une idée pour s'éloigner un instant de cette mère devenue marâtre, Bella sort sans attendre de réponse.

Quand elle revient à la maison, elle croise son père, sur le départ pour un rendez-vous d'affaires. Ariane a encore des courses et des corvées à faire faire à sa Cendrillon aux cheveux rouges. Heureusement, ses sœurs et son frère finissent par rentrer.

– Ça s'est bien passé, cette journée ? s'inquiète Anna.

– Parfait ! déclare sa mère.

– L'enfer ! lui chuchote Bella. Maman est insupportable !

– Oh ! Désolée, Bella. Merci de t'en être occupée à ma place ! Cara a promis de rester avec elle demain.

– Je lui souhaite bien du courage !

***

Le lendemain, Arthur repart en voyage d'affaires. S'il se sent un peu coupable d'abandonner ses enfants avec leur mère pas toujours facile, il n'a pas vraiment le choix.

– Il faut bien nourrir tout ce petit monde, marmonne-t-il avant de partir.

Billy une fois parti, voilà donc les enfants baby-sitters officiels de leur mère. Ceux qui n'ont pas de stage de danse, d'écriture ou de journalisme restent un peu avec elle le matin, mais ils ne tardent pas à aller retrouver des copains… et abandonnent Cara, bientôt seule avec sa mère.

Ariane lui demande de l'aider à s'habiller,

tâche presque impossible tant elle est acrobatique.

– Stop ! Il me faut des vêtements plus larges, conclut-elle.

Elle ordonne à Cara de tout vider : les penderies, les commodes et même les malles de la cave ! Devant la montagne d'habits, elle déclare :

– On va faire du tri.

Mais, évidemment, c'est Cara qui s'y colle. Elle présente chaque article à sa mère, qui donne son verdict : trop petit, trop vieux, trop moche, etc. La fillette place alors les vêtements dans d'immenses sacs-poubelle sur lesquels elle marque : « à donner ». Elle a hâte de montrer tout ça à ses sœurs, qui y trouveront certainement leur bonheur. À la fin, Cara est en sueur : les sacs sont pleins et les garde-robes vides. Ariane finit par appeler Grand-Mère Léo, pour lui demander de lui apporter des habits faciles à mettre, boutonnés devant, et des pantalons larges. Léo est ravie, car elle adore faire du shopping.

En attendant, Ariane enfile le peignoir de son mari. Puis elle demande à Cara de taper à sa place à l'ordinateur pour gagner du temps. Quand elle découvre que sa fille fait une faute d'orthographe, parfois deux, à chaque mot, elle s'énerve :

– On ne t'apprend rien à l'école, ma parole !

– Tu aurais mieux fait de demander à Bella. Moi, je suis une élève pas très bonne !

– Et tu comptes le rester longtemps ? Tu as intérêt à t'améliorer vite fait, je te préviens ! Va chercher ton livre de grammaire.

Pendant le reste de la journée, Cara est condamnée à faire des exercices, alors que sa mère parle sans arrêt au téléphone en regardant la télé, le volume à fond.

Quand Anna voit dans quel état est sa petite sœur en rentrant à la maison, elle essaie de lui remonter le moral.

– Personne n'a de stage demain : on sera tous là pour l'aider.

– Tant mieux, car je suis sûre qu'elle trouverait de quoi occuper toute une armée…

***

Cara a vu juste. Le lendemain, le général Ariane distribue les tâches ménagères :

– Anna, à la cuisine ! Gabriel et Bella, vous êtes chargés des lessives. Elisa, tu ranges la

vaisselle. Flavia, tu débarrasses la table du petit déjeuner. Cara, tu passes l'aspirateur. Et Dana, tu restes auprès de moi au cas où.

Dans la famille Arthur, comme les parents ne sont pas souvent là, les enfants ont l'habitude de participer aux tâches ménagères. Ils le font même souvent volontiers,

sans râler. De toute façon, ils n'ont pas le choix ! Mais ils ne sont pas habitués à répondre aux commandements autoritaires de leur mère. Alors quand ils voient débarquer Grand-Mère Léo avec Martine, sa femme de ménage, et Abel, son chef cuisinier, ils sont fous de joie.

– J'ai pensé que cela pourrait être utile, vu ton état, explique Léo à sa fille. Les enfants pourront ainsi profiter de leurs vacances.

– Oui, c'est une bonne idée, maman, merci. Je vais quand même coller quelques devoirs à certaines qui ne se donnent pas beaucoup de mal à l'école, et ne savent ni lire ni écrire correctement, déclare Ariane en désignant Cara et Flavia du regard.

– Hé bien ! On dirait que tu vas mieux, commente Grand-Mère Léo. Mais ce n'est pas une raison pour enfumer tes enfants : c'est comme s'ils fumaient eux-mêmes tes cigarettes !

– Je ne vais quand même pas me traîner dehors ! Et je ne peux pas arrêter de fumer maintenant : j'ai mal, je suis de mauvaise humeur… Et puis je ne supporte pas de rester inactive.

– Et pourquoi tu ne commencerais pas à écrire le livre que tu as toujours voulu faire sur ton métier ? C'est l'occasion rêvée !

– Taper à l'ordinateur me prend des heures !

– Tu n'as qu'à t'enregistrer !

– Je ne sais pas… Je vais voir. Difficile d'avoir des pensées claires quand chaque os de ton corps crie de douleur.

Mais les enfants voient tout de suite que l'idée de Grand-Mère Léo travaille leur mère. Elle les laisse un peu plus tranquilles et s'enferme dans le silence tout l'après-midi. Elle savoure même l'excellent tajine d'Abel sans décrocher un mot.

Une fois Grand-Mère Léo repartie avec

ses deux employés, et après une longue sieste, Ariane réunit ses enfants autour du lit et déclare :

– J'ai bien réfléchi. Je suis une mère casse-pieds ! J'ai tellement l'habitude de bouger que c'est un supplice pour moi de rester au lit ou sans rien faire. Mais voilà : demain, j'arrête de fumer et je commence mon livre. Vous êtes des enfants adorables et exemplaires. Être parmi vous va beaucoup m'inspirer.

– Qu'est-ce qu'on peut faire pour t'aider ? demande Anna.

– Ne changez rien : faites comme d'habitude. Mais en silence !

– C'est trop dur, maman ! s'indigne Cara. Tu voudrais que sept personnes arrêtent de respirer rien que pour toi ?

– On a nos vies aussi, proteste timidement Bella, qui est pourtant la plus discrète de tous.

– Tu peux peut-être fermer ta porte ? dit Gabriel.

– Mais tu ne peux pas nous forcer à devenir des fantômes, intervient Dana.

– On va t'offrir des boules Quies, propose Elisa.

– Marché conclu ! dit Ariane.

trois

La famille télé-réalité

Le lendemain, une surprise attend la fratrie Arthur: une équipe de télévision débarque à la maison pour faire un reportage sur la célèbre journaliste, mère de sept enfants, frappée par une balle en Syrie. À la maison, c'est un peu la fête et, pendant les quelques jours qui suivent la visite de la chaîne de télévision, la paix semble petit à petit revenir dans la famille.

Et le bref moment de gloire qu'apporte la rentrée ne déplaît à personne : c'est à croire que le reportage télé est passé dans tout l'univers. Tout le monde l'a vu ! Chacun y va de son petit commentaire, y compris les enseignants.

– Vous avez une mère formidable ! s'exclame la maîtresse de Bella.

– Cette tribu Arthur est décidément extraordinaire ! déclare le directeur de l'école primaire.

– Je comprends mieux pourquoi tu tousses ! compatit la maîtresse de Gabriel, qui, décidemment, ne comprend toujours rien aux allergies.

Martin, le copain d'Anna, lui a simplement chuchoté :

– Tu étais mignonne à la télé…

Le professeur de danse d'Elisa a vu que son élève faisait quelques pas et pirouettes en arrière-plan, dans le reportage. Et la maîtresse de Dana a trouvé qu'elle ressemblait à Blanche-Neige, ce que la fillette savait déjà… Même l'institutrice de Flavia a trouvé sa famille incroyable.

Bref, ils sont tous célèbres.

La seule à être déçue, c'est Grand-Mère Léo, qui n'avait pas été prévenue. Elle serait bien passée à la télé, pourtant ! Ça lui aurait donné l'occasion d'étrenner ses nouveaux vêtements…

***

Les premiers jours tous ensemble à la maison ont été un enfer pour tout le monde. Mais avec le retour des filles et de Gabriel à l'école, la vie paraît plus simple et la famille s'habitue plus ou moins à ce nouveau quotidien.

Alors, c'est vrai, Dana n'aime toujours pas qu'Ariane lui dise : « Mets ton pull ! ». Et Cara déteste avoir une mère policière qui reste debout derrière elle quand elle fait ses devoirs. Flavia refuse de lire à voix haute comme Ariane le souhaite. Bella, elle, essaie d'esquiver les questions indiscrètes du genre : « Comment s'est passée ta journée à l'école ? ». Anna a du mal à supporter ses : « Tu as fini tes devoirs ? », comme si ses bonnes notes ne suffisaient pas. Et Elisa en a par-dessus la tête que sa mère lui demande : « Tu as bu ton jus d'orange ? »... alors qu'Anna peut lui poser la même question sans aucun problème, sans doute parce que Elisa a plus l'habitude que sa grande sœur s'occupe d'elle.

Pourtant, il y a de bons moments, c'est sûr. Par exemple, les enfants sont émus quand leur mère leur prépare un gâteau surprise pour le goûter.

– On va l'appeler « le gâteau à une seule main » ! propose Gabriel.

Il est aux anges quand sa maman vient le chercher à la sortie de l'école maternelle. Et les filles

adorent faire les magasins ou manger à table avec elle tous les soirs.

Avec la guérison, tous découvrent doucement ce que c'est que d'avoir une mère « normale » auprès d'eux. Car un mois après son retour tonitruant dans leur vie, kinésithérapie aidant, Ariane est presque rétablie. De temps en temps, elle se rend même à la chaîne de télévision où elle travaille, impatiente à l'idée de décrocher une nouvelle mission.

***

Une des plus satisfaites de cette nouvelle vie de famille est Anna. Surtout le jour où Sophie, sa meilleure amie, l'invite à une soirée pyjama.

– Puisque ta mère est à la maison, tu pourras venir cette fois, se réjouit-elle.

Anna accepte l'invitation sans penser un instant à demander l'autorisation. Elle en parle juste à Grand-Mère Léo… et elle fait même les courses avec Sophie en prévision de cette soirée. Elles prennent tout ce qui est interdit dans la famille Arthur : d'énormes sacs de chips, des gâteaux salés, des cacahuètes, des friandises au chocolat, des fraises Tagada et du pop-corn, rien que pour grignoter pendant le film. Sophie a choisi le DVD de *Grease*. Elles vont aussi préparer des sandwichs au thon. Et danser. Il y aura huit filles de la classe ! Chacune apportera son sac de couchage et ses affaires pour la nuit.

Quand Grand-Mère Léo offre un pyjama

I love
i LOVE
I
Love
Love
Love
I
LOVE

recouvert de cœurs et d'*I love you* à Anna pour sa soirée pyjama, Ariane demande aussitôt :

– Quelle soirée pyjama ?

– Sophie m'a invitée samedi soir dans quinze jours. Je n'ai encore jamais pu aller à ses soirées, parce qu'il faut toujours que je reste à la maison pour m'occuper des petits. Mais comme tu es là, cette fois, j'ai accepté.

– Ah oui ! Tu crois vraiment que tu peux te dispenser de mon avis ?

– Mais…

– Je sais que tu t'occupes beaucoup de tes frère et sœurs, Anna, mais ce n'est pas la peine de leur donner le mauvais exemple. Tu aurais dû me demander la permission. Tu ne l'as pas fait : c'est non !

Anna n'en revient pas ! Elle file pleurer

dans sa chambre. Elle s'apprête à appeler Sophie pour la prévenir, quand sa grand-mère vient la consoler :

– Attends un peu. Je vais parler à ta mère.

– Comment tu as pu élever une fille aussi méchante ? s'étonne Anna. Je croyais que ça allait mieux… Mais non !

– Tu sais, elle n'est pas elle-même en ce moment. Elle souffre encore beaucoup. Elle ne peut pas faire les gestes les plus banals, comme soulever une assiette ou accrocher son soutien-gorge, sans avoir mal. Elle est frustrée et perdue sans ce quotidien. Essaie de la comprendre.

– Parce qu'elle essaie de me comprendre, elle ?

***

Même si c'est difficile, les jours suivants, Anna continue à se montrer serviable. Mais elle a décidé de ne plus adresser la parole à sa mère. De toute façon, celle-ci s'enferme le plus souvent dans sa chambre transformée en bureau pour travailler sur son livre. Et quand elle croise son aînée, elle détourne le regard, comme si elle avait honte de se montrer si dure avec sa fille pourtant dévouée.

Les autres enfants sont indignés. Cara est la première à dénoncer l'injustice, mais tous, même Flavia, sont du côté d'Anna.

Après avoir laissé passé l'orage, Grand-Mère Léo discute… et se dispute avec sa fille.

– Je ne te comprends pas, Ariane. Anna a dû renoncer tant de fois à des invitations.

Elle se sacrifie tellement pour sa famille qu'elle n'a aucune vie sociale ! Tu te rends compte qu'elle a passé plus de temps que toi à élever les plus petits ? Tu pourrais la laisser vivre sa vie, pour une fois !

– Il faut quand même qu'elle sache que ce n'est pas elle qui décide. Il faut demander la permission.

– D'où tu sors ces principes à la noix ? Je ne t'ai pas élevée comme ça, moi !

– Maman, c'est moi la mère d'Anna !

Après ce coup d'éclat, Dana appelle leur père pour lui expliquer la situation.

– Maman est trop dure avec Anna. Elle ne mérite pas cette punition.

Arthur rentre le week-end et « travaille » sa femme. Mais quand elle lui rétorque qu'il n'a pas de conseils à lui donner puisqu'il n'était pas là, il préfère abandonner. Après tout, même s'il voyage moins loin que sa femme, il n'est pas plus présent qu'elle auprès de leurs enfants.

C'est finalement le poème que Bella glisse sous la porte de sa chambre qui fait céder Ariane.

Une soirée pyjama, ce n'est pas si bête !
Huit copines pour faire la fête,
Le temps d'une nuit juste un peu folle,
On sort de sa petite geôle.
Trop injuste de refuser :
Au lieu de l'acclamer, l'accabler ?
Même Cendrillon avait une bonne fée !
La tribu te demande de lui accorder
Pour une fois une soirée !

En attendant la réponse de leur mère, les enfants complotent.

– Si elle te refuse ça, Anna, on fait la grève des enfants ! déclare Elisa.

– Si elle t'interdit la fête de Sophie, on versera plein de poivre dans sa nourriture, propose Flavia.

– Si elle ne te laisse pas y aller, on mettra

de la colle sur la lunette des W.-C., menace Gabriel.

– On mélangera du liquide vaisselle à son café ! s'enflamme Dana.

– Et moi, je lui casserai les oreilles toute la journée ! promet Cara.

– Bah, si elle s'obstine, on fera la fête entre nous, soupire Anna.

– Mais c'est ce qu'on a fait la dernière fois ! Ça suffit ! Tu as le droit d'avoir une vie à toi ! s'indigne Bella.

– Anna ! appelle alors Ariane.

– Bon, je vais chercher le verdict, annonce l'aînée à sa fratrie.

Elle entre dans la chambre des parents en traînant des pieds.

– J'ai changé d'avis… Tu peux aller à ta

fête, concède Ariane. Mais la prochaine fois n'oublie pas de demander notre autorisation à ton père ou à moi.

– Quand tu es en Afghanistan, en Syrie ou j'sais pas où, c'est compliqué !

– Ne sois pas de mauvaise foi : j'étais ici, à cinq mètres de toi !

– Justement ! Tu es là ! Donc les autres n'ont pas besoin de moi. Alors où est le problème ?

– C'est une question de principe : je suis responsable de toi.

– O.K., maman, fait Anna exaspérée.

Elle sort de la pièce, pour revenir peu après avec une feuille de papier.

– Tu peux la remplir. J'en imprimerai d'autres, comme pour l'école, la maternelle ou la crèche !

AUTORISATION PARENTALE DE SORTIE

SORTIE : *soirée pyjama*

Je, soussigné(e), Madame – ~~Monsieur~~

NOM : *ARTHUR* PRÉNOM(S) : *Ariane*

responsable légal de l'enfant

NOM : *ARTHUR* PRÉNOM(S) : *Anna*

CLASSE : *6e* ~~Externe~~ – Demi-pensionnaire

l'autorise à participer à la sortie qui aura lieu le...... sous la responsabilité de........., professeur(s) de........ .

Le ... / ... / 20...

(Signature obligatoire)

– N'exagérons rien !

– Parce que c'est moi qui exagère ? Tu m'as fait tellement de peine que je n'ai même plus vraiment envie d'y aller, à cette fête !

– Je suis désolée, Anna. Je ne sais pas très bien être une mère : je n'ai pas beaucoup de pratique, finalement. Je sais accoucher, allaiter, mais j'ai zappé la partie élever des enfants. Je vous aime plus que tout au monde, mais je ne sais pas y faire avec vous. Pour cette soirée, c'était maladroit, mais j'ai essayé de me rattraper pour toutes les fois où je n'étais pas là.

– Eh bien, tu n'as qu'à rester plus longtemps avec nous. On va te montrer, nous, comment il faut élever des enfants. On va te faire l'école des mères !

– D'accord, mon Anna ! Mais seulement si tu vas à ta fête. Pour moi.

– Et si on fait tous la paix, propose Anna.

Les autres n'attendaient que ce moment pour entrer dans la chambre.

– On t'accepte, maman, à condition que tu ne reprennes pas la cigarette, exige Bella.

– On te garde comme maman si tu me laisses tousser en paix, dit Gabriel.

– On t'aime, maman, si tu t'occupes un peu de nous, demande Flavia.

– Tu es notre maman casse-pieds, dit Dana. On ne va pas t'échanger.

– Si tu pouvais être moins embêtante, ce serait pas mal, note tout de même Cara.

– Si tu pouvais être une mère NORMALE ! ajoute Elisa.

– Mais c'est ma fête ! s'exclame Ariane.

– Et toi, maman, tu voudrais qu'on change quelque chose ? lui demandent ses enfants.

– Pour rien au monde !

quatre

L'école des mères

Pour Ariane, qui a l'habitude de se réveiller seule dans une chambre d'hôtel, les pires moments de la journée en famille sont :

1) le matin, quand il faut expulser dans les plus brefs délais les enfants de la maison

2) le soir, quand les mêmes enfants rentrent de l'école accablés de fatigue, de soucis et de devoirs.

Elle a passé des années dans des zones de guerre, mais elle est complètement désarmée face aux petites luttes du quotidien. Chaque matin depuis son retour à la maison, elle se demande si elle va survivre aux préparatifs de ses sept enfants pour l'école. Encore heureux qu'ils soient obligés d'y aller, pour lui laisser un peu de répit avant la prochaine bataille ! Elle en profite pour avancer son livre. Ce n'est pas facile d'écrire, de trouver des idées et d'être juste à chaque page, à chaque phrase, à chaque mot. Mais ce n'est rien comparé à la difficulté d'élever sept enfants tous différents ! Jusque-là, elle avait tendance à se mettre en colère et à faire fuir ses filles et son fils.

Mais elle vient tout juste de se réconcilier avec Anna, elle veut essayer de s'améliorer… Comment faire pour ne pas craquer ?

***

Le lendemain matin, elle est déjà près d'exploser, tellement le brouhaha lui tape sur les nerfs. Cara se plaint de ne pas savoir quoi mettre, Gabriel n'arrive pas à s'habiller tout seul et tousse sans arrêt, Flavia se déclare malade parce qu'elle n'a pas envie d'aller à l'école, Elisa saute et danse sur son lit…

Comme elle voit que sa mère a du mal à se contenir, Anna lui donne la devise du jour : *PATIENCE.*

« Patience ! se répète Ariane pour ne pas hurler sur Flavia. Du calme ! » Mais elle manque encore s'énerver quand Elisa ne veut pas boire son jus d'orange.

– Ça ne fait rien, maman, dit Anna. Elle ne va pas en mourir !

– C'est plein de vitamine C ! Je l'ai fait

avec de vraies oranges que j'ai pressées moi-même ! Ça m'a fait un mal de chien !

– Ça fait grossir, répond simplement Elisa.

– J'en boirai deux, propose Bella. Comme ça, tu n'auras pas travaillé pour rien, maman.

« Du calme, se dit Ariane. Patience ! »

Mais ce n'est pas fini…

– Tu peux signer mon cahier de correspondance ? lui demande Anna.

– Maman, j'ai besoin de dix euros pour la sortie, l'informe Dana.

– Je n'ai pas mon goûter, pleurniche Gabriel.

– On nous a demandé d'acheter un livre pour l'école, annonce Bella.

– Bon ! Désormais, on fera une réunion tous les jours pour prendre en compte vos demandes et vos besoins. Pas sur le seuil de la porte à huit heures moins le quart !

– Anna nous interroge tous les soirs pour savoir ce qu'il nous faut pour le lendemain, explique Cara.

Si Ariane était un chien, elle montrerait les crocs à ses enfants.

PATIENCE !

***

Le lendemain, la devise qu'Anna offre à sa mère, joliment calligraphiée sur une belle feuille de papier est : *Intéressez-vous à la vie de vos enfants* !

– Comment va ta maîtresse ? demande alors Ariane à Gabriel.

– Je la déteste !

– Mais pourquoi ? Elle est bête ou bien ?

– C'est rien à côté de la mienne, se lamente Cara. Elle est tellement ennuyeuse que j'ai tout le temps envie de dormir en classe.

– C'est peut-être pour ça que tu fais autant de fautes ?

– Ou parce que je ne suis pas assez intelligente.

– N'importe quoi ! Tu es très intelligente. Je vais te mettre dans une autre école si c'est comme ça.

– Non, maman : je ne veux pas quitter mes amis.

– L'année prochaine, elle aura ma maîtresse, qui est géniale, dit Bella pour rassurer sa mère.

– Et toi, ma Dana ? reprend Ariane.

– La maîtresse ne nous croit pas quand on lui dit qu'on a besoin d'aller aux toilettes.

– Mais c'est inouï ! Je vais tous vous changer d'établissement !

– Change-nous de monde pendant que tu y es ! se moque Anna.

– Tu as raison, ma chérie. Il faut faire avec. Mais je vais quand même écrire à la maîtresse de Dana pour lui expliquer qu'elle a une petite vessie.

– Surtout pas, maman ! Elle va se moquer de moi ! Je peux toujours attendre la récré.

Ariane ne voit pas du tout comment aider ses enfants. Surtout Anna, qui a l'air contrariée mais reste très discrète.

– Tu as un problème ?

Se méfiant de la réaction de sa mère, Anna préfère garder son problème pour elle. Pas question de lui annoncer que Martin s'est entiché d'une autre fille de sa classe et qu'elle a le cœur brisé ! Elle préfère mentir :

– Tout va très bien, maman.

***

Le jour suivant, sur son cahier de devoirs,

Ariane découvre l'inscription : *Soutenez vos enfants et écoutez-les !*

Nouvellement attentive à chacun de ses enfants, la mère débutante remarque qu'Anna a les yeux rouges.

– Qu'est-ce qui t'arrive, ma chérie ?

– J'ai une poussière dans l'œil, répond Anna en reniflant.

– Tu sais, ma grande, tu peux me parler !

– Martin ne m'aime plus !

– Martin ? Ce minus ? Avec ses oreilles de lapin et ses dents en avant ? Il ne te mérite pas, celui-là !

– Maman ! Comment tu peux dire ça ! Martin est le garçon le plus beau et le plus intelligent que j'aie jamais rencontré.

– Un de perdu, dix de retrouvés !

Anna court dans sa chambre pour pleurer. Ariane s'apprête à la suivre, mais Bella la retient.

– Laisse-la, maman !

Anna ne ressort pas de la journée.

***

Le lendemain, Ariane a droit à une nouvelle leçon : *Pour devenir une mère idéale, ne vous moquez pas des amis ni des passions de vos enfants !*

Ariane frappe à la porte de la chambre des filles et s'assied à côté de son aînée.

– Anna, ma chérie, je suis désolée de t'avoir blessée. Mais tu es trop jeune pour avoir le cœur brisé !

– Il n'y a pas d'âge pour ça ! Même Gabriel a eu des peines de cœur. Mais tu ne le sais pas, parce que tu es toujours à l'autre bout du monde. Et c'est pas plus mal, parce que pour consoler, tu es vraiment nulle !

– Je voulais juste te dire que tu trouverais d'autres garçons.

– Et si on t'avait dit ça pour papa quand tu l'as rencontré, en seconde ? Tu dis toi-même que vous étiez des bébés amoureux, tellement vous étiez jeunes.

Ariane n'a pas besoin qu'Anna le lui dise pour savoir qu'une bonne mère doit reconnaître quand elle a eu tort. Elle a conscience d'avoir parlé sans réfléchir. Mais elle a parfois l'impression que ses enfants forment une petite armée contre elle, et qu'elle doit leur faire face sans jamais montrer de faiblesse. Alors tout ce qu'elle trouve à dire à sa fille, c'est :

– Ça va s'arranger.

Et cette fois, elle n'a pas complètement tort. Car avec qui Anna rentre-t-elle goûter à la maison après l'école ? Martin ! Ariane s'est sentie tellement coupable de son inefficacité qu'elle a fait un nouveau gâteau, à une main et demie, cette fois. Alors que tout le monde est assis autour de la table, elle se lance dans une interview digne

d'un chef d'État : Martin doit présenter sa famille, ses ambitions, son avis sur différentes questions politiques. Même si elle trouve toujours qu'il ressemble à un lapin géant, la mère en formation est surprise par ses réponses sensées. Elle comprend que sa fille aime ce garçon.

– Tu vois, Anna, ça va mieux, finalement. Il est vraiment bien, ce garçon, tu avais raison.

– Il m'a expliqué que je m'étais imaginé des choses. Il n'aime pas du tout Anaïs et m'a dit que j'étais la seule qui comptait pour lui.

– Ouf ! Et un cœur brisé de recollé !

– Pour le moment… nuance prudemment Anna.

***

Le week-end venu, *Aimez vos enfants !* est peint sur un panneau affiché sur le mur de la salle à manger. Ça, ça ne s'apprend pas à l'école ! Et il n'y a pas non plus de manuel d'instructions.

Tout le monde est là pour le petit déjeuner. Arthur est de retour et, exceptionnellement, Billy s'est levé de bonne heure !

Ce n'est pas dans sa nature d'être affectueuse, mais Ariane commence cette journée par une distribution de bisous et de câlins pour toute la famille. C'est un petit déjeuner extraordinaire. Chaque baiser engendre un sourire qui fait le tour de la table. Sourires et bisous sont les meilleurs ingrédients de ce repas. Ariane embrasse Arthur, qui embrasse à son tour Billy, assis à sa gauche, qui embrasse Bella, dont le visage devient aussi rouge que ses cheveux. Et ainsi va la chaîne de baisers tout autour de la table, dans un festival de bisous.

Billy récite ensuite une comptine irlandaise qu'il a apprise aux enfants :

One, two, three,
Me mother caught a flea,

She put it in the teapot
And made a cup of tea.
The flea jumped out,
Me mother gave a shout
And in came daddy
With his shirt hanging out.

Anna enchaîne avec un canon que Billy leur a également appris : *Hi ho anybody home ?*

Et ils restent à table longtemps après les cafés, les jus d'orange et les tartines, à chanter et à se dandiner sur place en se tenant par les mains. Personne n'est pressé, c'est juste un moment dans la course d'une vie, un moment de parfait bonheur.

Le soleil est au rendez-vous. Ils décident d'en profiter pour aller se promener et manger au restaurant, ce qu'ils ne font presque jamais. Billy fait des dizaines de photos de leurs sourires, tous ensemble, un par un ou par petits groupes.

De retour à la maison, ils regardent un DVD en grignotant devant la télé. Et pour couronner le tout, après avoir discuté, ri et raconté plein d'histoires, toute la famille s'endort dans le lit des parents, comme dans un rêve de bonheur et d'amour, un rêve que chacun gardera longtemps en soi.

Quand ils se réveillent, le lendemain, il est dix heures. La table est mise, le jus pressé, les tartines prêtes à être dévorées. Mais ce nouveau petit déjeuner n'est déjà plus pareil : ils ne retrouvent pas l'esprit de la veille.

Sans le téléphone qui se met à sonner, la maison aurait été inhabituellement silencieuse.

Ariane va répondre. Les enfants entendent des « oui », des « bien sûr », des « d'accord » et finalement un « Je suis rétablie, aucun souci ! ». Puis elle se rassied à table et demande à Arthur de l'accompagner au marché.

Quand ils reviennent, ils préparent un déjeuner de roi avec les produits frais qu'ils ont achetés.

À midi, Ariane ne peut plus contenir sa joie. Elle annonce ce que ses enfants avaient fini par redouter :

– Je vais bientôt repartir. En Amérique.

Pendant un moment, personne ne réagit.

– Tu pourras me rapporter un costume de cow-boy ? demande finalement Gabriel.

– Et des Levi's 501 pour moi ? ajoute Anna.

– Je vous rapporterai plein de cadeaux !

J'aurai le temps de faire du shopping, aux États-Unis ! Mon patron me confie une mission pépère : ça n'a rien à voir avec la Syrie !

– Mais on pouvoir acheter librement les armes là-bas, dit Billy. Faire attention quand même !

– Je suis envoyée à Washington ! Je rencontrerai peut-être le président…

Flavia, toujours morose, est encore plus morose. Dana est triste, elle aussi. « Mais elles s'en remettront », pense Anna. L'aînée offre alors à sa mère le dernier exercice des leçons pour une mère idéale :

VIS TA VIE !

GAT

Table des matières

la famille trop d'filles

6 sœurs, 6 copines !

LA NOUVELLE SÉRIE DE SUSIE MORGENSTERN !

Dans la famille Arthur, il y a sept enfants : un garçon… et six filles. **Anna** est la raisonnable, **Bella** la timide, **Cara** la star, **Dana** la branchée, **Elisa** la danseuse et **Flavia** la boudeuse. Les six sœurs sont très différentes mais cela ne les empêche pas d'être les meilleures amies du monde… bien au contraire !

Nathan